El legado

Primera edición: Junio 2021

© Ramón Maurel Pascual
www.ramonmaurel.com

© Edición Liter_aquel
www.literaquel.com
info@literaquel.com

© Diseño cubierta y maquetación Susana Varela
www.susanavarela.es

© Ilustración cubierta Guiomar Serrano Pocino

ISBN: 978-84-09-30663-3
Déposito Legal: P 71-2021

No se permite la reproducción, almacenamiento o transmisión total o parcial de esta obra, sin autorización previa y por escrito de los titulares del *copyright*.
Todos los derechos reservados.

El legado

RAMÓN MAUREL PASCUAL

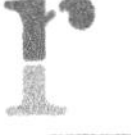

A mis hijos, Diego y Alberto.

Cuando el maestro está listo para aprender,
aparecen los alumnos a los que enseñar.

Ramón Maurel Pascual

Índice

De nuevo en la puerta

CAPÍTULO 1

El pequeño parque en el centro de la plaza era un oasis de paz en medio de la gran ciudad. Milagrosamente, se había librado de los botellones nocturnos y del vandalismo diurno. Las papeleras, los bancos, las farolas, las barandillas y demás mobiliario urbano estaban en un magnífico estado de conservación y mantenimiento. Un manto de césped bien cuidado daban sombra a quienes frecuentaban este lugar.

Los imponentes edificios de más de un siglo de antigüedad que conformaban la plaza habían visto pasar a miles de personas y habían sido testigos de cómo el entorno cambiaba. Lo que en otro momento fue una plaza bulliciosa, hoy se había convertido en el rincón agradable por el que perros paseadores de personas, lectores ávidos, parejas y caminantes en busca de un banco en el que chatear tranquilamente, iban, venían y convivían en armonía.

Hacía ya algunas horas que había amanecido. Era un precioso día de primavera para Laura que, una vez más, estaba a punto de abrir la librería.

El ritual matutino consistía en pasar por una cafetería en la que, por unos euros, conseguía un *cappuccino para llevar* digno de los mejores baristas. Los pequeños placeres, algunas veces, hay que pagarlos y especialmente si llevan su nombre en un idioma extranjero.

Desde allí hasta la librería, Laura caminaba la mayor parte de los días inmersa en sus recuerdos y pensamientos, agradeciendo el rumbo que su vida había tomado.

El agradecimiento era algo que había aprendido de *El filósofo*. En más de una ocasión le había regalado su frase*: la abundancia es la respuesta de la vida ante un corazón agradecido*, y ella practicaba ese agradecimiento con la misma devoción con la que un monje se dedica a su oración.

Hoy, como todos los días desde hacía ya cinco años, en la puerta del establecimiento le esperaba *Bichibú*.

Bichibú era un minino precioso, un simpático mofletudo de esos que aparecen en los anuncios de comida para gatos con el fin de que los dueños de mascotas se imaginen que, con esa alimentación, su animal de compañía algún día se parecerá (cuando menos, de lejos) al estilizado felino.

Si Laura tenía el ritual de tomarse un café en el trayecto hacia la librería, *Bichibú* tenía el de esperarla tranquilamente. El gato se colocaba justo delante del cierre de la persiana del comercio, como una de esas estatuas que se sitúan a la entrada de los grandes museos protegiendo, simbólicamente, los tesoros que acogen.

Laura pensaba que aquella persiana y su cierre eran del todo innecesarios. No se podía imaginar a nadie atracando una librería con nocturnidad y alevosía. Por mucho que buscaba en internet, no encontraba ningún delito ni remotamente parecido al de un atracador corriendo con una pila de libros antiguos de Filosofía, impulsado por la idea de que, con su venta, se retiraría a disfrutar de los placeres que ofrece un exótico destino caribeño.

Pero en el fondo, girar cada mañana la llave y liberar el cierre de la persiana era un pequeño homenaje a *El filósofo,* una manera de tener presente a la persona que había logrado que Laura pasase, de no tener ni idea de qué hacer con su vida, a haberle dado sentido.

Como cada mañana, Laura tuvo delante de sí un combinado hecho a base de nostalgia, cariño, tristeza e ilusión a partes iguales, que se "bebió" en el poco tiempo que empleó en subir la persiana, abrir la puerta y girar el cartel de *cerrado* para mostrar el de *abierto.*

Esa era la señal que invitaba a entrar en ese lugar tan especial para todos y, en particular, para ella.

Y, ¡cómo no!, *Bichibú* había sido parte también de todo aquello. En cierto modo, y por extraño que parezca, él era el causante involuntario de lo ocurrido.

Todo había comenzado un día muy parecido al de hoy, hacía ya cinco años...

Todo viaje comienza con una decisión

CAPÍTULO 2

Para aquel que desea viajar por el mundo, obtener un pasaporte es un trámite tan necesario como carente de emoción.

Tras hacerse unas fotos que guardaban cierto parecido con ella, dado que no hay esperanza alguna de que en este tipo de instantáneas la fotografiada salga favorecida, Laura se disponía a entrar en la comisaría donde, a la hora fijada en su cita previa, estaba a punto de conseguir el ansiado pasaporte. Ansiado, de ansiedad, no de deseo.

La ansiedad que sentía por no saber qué hacer con su vida, hacia dónde avanzar. El no encontrar opciones mínimamente motivadoras en su entorno le había llevado a la idea, tan extendida en la literatura como en el cine, de que quizá viajando encontraría aquello que buscaba: su lugar en el mundo.

Lo que Laura no sabía era que, al igual que la felicidad, el sentido de la vida es una de las cosas que nunca se encuentran allí donde habitualmente se buscan.

A sus poco más de veinte años, Laura representaba el típico producto de la sociedad desarrollada: era la mayor de tres hermanas y había estudiado un Grado en Economía, algo nada extraño teniendo en cuenta que sus padres, ambos empresarios, le habían inculcado su amor por los negocios y la calidad de vida que estos proporcionaban a quienes triunfan en ellos. Era la manera establecida de seguir con la tradición familiar.

Sin embargo, y a pesar de sus excelentes notas, la Contabilidad Financiera, la Macroeconomía, la Econometría, las Finanzas, la Teoría del Crecimiento Económico, la Organización Industrial o la Estadística, no llenaban su vida.

Mientras la funcionaria cumplimentaba la documentación necesaria para elaborar el pasaporte, Laura pensaba en lo poco provechoso que le resultaban esos cuatro años de Estudios Superiores y, lo que era peor, la sensación de que salir a viajar por el mundo en plan mochilero no era más que otra huida hacia delante, equivalente a la de su poco acertada decisión sobre el estudio económico.

Quizá el viaje que Laura necesitaba no era el que estaba a punto de emprender, y quizá lo que ella pensaba que pudiera ser un error, al final podría convertirse en un gran acierto.

Al escuchar un lacónico siguiente, Laura entendió, con el pasaporte en sus manos, que el trámite había terminado.

Tras dejar atrás el arco de seguridad, decidió dar un pequeño paseo. Aunque no lo sabía, ese sería el paseo que más lejos la llevaría en su vida.

La noche anterior no había sido muy propicia para el sueño, por lo que, al cansancio emocional provocado por las decisiones que tenía que tomar respecto a su vida, se le unía el cansancio físico acumulado por las horas en vela.

¿Cómo había pasado de ser una niña feliz a una joven que no encontraba su camino? Una vez había leído que no todo el que anda errante está perdido... Aunque en este momento ella se sentía tan errante como perdida.

De repente, como suele suceder todo lo importante, algo llamó su atención: un precioso gato sentado sobre sus dos patas traseras a la puerta de una librería. El minino tenía un precioso pelo largo, mezcla de gris y de blanco, así como una estampa digna de una esfinge egipcia.

A Laura le encantaban los animales y, ante el precioso ejemplar que la miraba fijamente, no pudo resistir la tentación de acercarse para acariciarlo, si bien es cierto que no con mucha esperanza de éxito, puesto que ya se sabe que un gato hace lo que le parece cuando le apetece.

Justo en el momento en el que Laura extendía la mano, el gato se puso de pie sobre sus patas traseras y, con un giro digno de un patinador sobre hielo, empujó con sus patas delanteras la puerta de la librería y entró veloz hacia el interior. Al abrirse la puerta, Laura vio a un hombre tras la caja registradora, absorto en la lectura de una carta.

El tintineo de la campanilla sobre la puerta avisó de la entrada del felino e hizo que el hombre dejase a un lado su lectura y colocase un cuenco con pienso, y otro con agua, para que el minino saciase su hambre y su sed.

—Viene con frecuencia —, dijo el hombre dirigiéndose a Laura, de cuya presencia se había percatado. —Por puro interés, supongo, como cualquiera de nosotros, aunque le he cogido cariño.

—¿No es tuyo? —preguntó Laura.

—No. Un día apareció, sin más. La verdad es que yo no tengo un especial apego por los animales, pero este es diferente: es un gato elegante y muy hablador (constantemente pronuncia todo tipo de "palabras gatunas"). Poco a poco le he ido tomando cariño y lo cierto es que lo tengo "adoptado", pero en realidad un gato, como decís los jóvenes, *va a su bola.* Pasa, puedes acariciarlo. Mientras come, suele dejarse.

Laura dio un paso y entró en la librería que, de un modo tan inesperado, se había abierto ante ella. Hasta el momento su atención había estado focalizada en ese gato de aspecto hipnótico y apenas se había percatado de lo que realmente había en aquel establecimiento.

El característico olor a papel se mezclaba con la luz artificial que vagamente iluminaba los centenares de libros que reposaban en las estanterías. Ninguno de los títulos o autores le eran conocidos y ni tan siquiera familiares.

—Filosofía—, dijo el hombre notando la extrañeza que reflejaba el rostro de Laura al darse cuenta del lugar en el que estaba. La mayoría de los libros son de Filosofía.

— Quizá por eso no hay muchas personas en la tienda—, contestó Laura.

Ese comentario, en boca de otra persona, habría sonado un tanto desagradable, pero, pronunciado por ella, simplemente, era la constatación de un hecho.

—Quizá sea la mala prensa que tiene la Filosofía, cierto, pero ¿sabes?—, prosiguió el hombre—, cualquier problema que tengamos no es nuevo; alguien se ha enfrentado a ese mismo problema en el pasado y ha escrito su solución en un libro. Lo único que hay que hacer es acertar con el que necesitas en ese momento, o, incluso mejor, dejar que el libro te escoja a ti.

—¿Ahora resulta que el libro te escoge a ti? —, respondió Laura con una cierta socarronería en la voz.

—Míralo de esta manera: ¿Tienes un problema o el problema te tiene a ti? —, dijo el hombre contestando con una pregunta. Cuando estamos pensando constantemente en algo, es ese algo lo que nos tiene atrapados y así es imposible resolverlo. Pero, si por un instante dejamos de darle vueltas y permitimos que la intuición nos guíe, puede que aparezca ese libro en el que haya una idea, tan solo una, que cambie nuestra visión y nuestra vida en ese momento. Por eso quizá sea el libro el que nos escoge a nosotros. Los libros, al igual que los gatos e incluso que las personas, llegan a nosotros en el momento justo.

—¿En ese orden?

—Para mí, sí.

Con esas ideas no me extraña que tenga la tienda vacía, pensó Laura para sí.

—Mi nombre es Laura. ¿El tuyo?

—Damián, pero he escuchado por ahí que me llaman *El filósofo.*

Aunque pensara que la gente debería leer más libros en lugar de perder el tiempo poniendo apodos, Damián tenía que reconocer que ese sobrenombre, en concreto, no le resultaba desagradable.

—Encantada de conocerte, Damián. La verdad es que no sé mucho de Filosofía.

—Ni tú ni casi nadie—, respondió Damián con cierta tristeza en la voz, signo de que algo más profundo rondaba en su cabeza. Una pena, teniendo en cuenta que *tomarse las cosas con filosofía* no es otra cosa que aprender a vivir la vida y a ver las cosas sin excesiva gravedad.

—Igual no me vendría mal un poco de esa filosofía. La verdad es que ando algo perdida y quizá me podrías ayudar. ¿Qué me recomendarías?

Damián se quedó pensativo por un instante y, de repente, comenzó a hablar.

—¿Te apetece escuchar una pequeña historia, Laura?

Un "claro que sí, Damián", le dio pie a *El filósofo* a desplegar la magia de las historias.

"Hace más de mil años, un hombre de negocios viajó a una ciudad lejana para negociar con sus mercancías. Al llegar al mercado se encontró con un objeto que no había visto jamás: un espejo.

Ante la sorpresa que le causó aquel objeto, el hombre sintió una gran atracción y lo compró, puesto que al mirar de frente a él, creía reconocer la cara de su padre.

Con el fin de conservar aquel tesoro lejos de la codicia de cualquiera, al llegar a su casa lo guardó en un baúl que tenía en el desván sin decir nada a su mujer. Así, cuando sentía nostalgia, subía al desván para ver a su "padre".

Pero la esposa, a pesar de los esfuerzos de su marido por ocultar el espejo, veía cómo cada vez que él bajaba del desván le cambiaba el ánimo, por lo que decidió espiarle. Pronto comprobó que en el cofre había algo que su marido miraba fijamente durante un largo tiempo.

Un día en el que el marido salió de viaje, la mujer subió al desván y al abrir el baúl comprobó que, en el objeto que había dentro, podía ver el rostro de una mujer que le resultaba familiar, pero no lograba saber quién era. Eso explicaba que su marido subiese al desván: iba a ver a otra mujer.

En cuanto el hombre regresó de su viaje, comenzó una pelea matrimonial en la que él juraba que dentro del cofre podía ver el rostro de su padre, mientras que ella aseguraba que lo que allí había era el rostro de otra mujer.

Estando enzarzados en la pelea, pasó por allí un sabio monje y, al verlos discutir, quiso conocer el motivo de tanto enfado, por si podía devolver la paz al hogar. Ambos invitaron al monje a que subiese al desván para que comprobase por sí mismo que lo que cada uno de ellos decía era verdad.

Así lo hizo el monje y, ante la sorpresa del matrimonio, les aseguró que ninguno de ellos tenía razón.

En el fondo del cofre, en realidad, reposaba un viejo monje".

Laura soltó una carcajada.

—¡Cómo pueden ser todos tan... ¿simples?! ¿Es que ninguno veía lo obvio?

—La moraleja de esta historia, Laura, es que cada persona con la que te cruces te dará una sugerencia o un consejo con su mejor intención. Sin embargo, al igual que en el espejo, cada uno te dará su visión del mundo, no el mundo en sí. Es decir, *su* verdad, pero no *la* verdad. Y, puestos a escoger, seguro que prefieres *tu* verdad a la de otros. Por tanto, mejor que consejos, lo que sí que puedo ofrecerte son libros.

No es de extrañar, pensó Laura. Para eso es librero...

—Como ya te dije, todo está en los libros. ¿Qué te preocupa? No necesito que me lo cuentes todo, pero si me das una pista puedo sugerirte un libro, ese al que tú darás sentido. Porque al igual que una diana es solo un trozo de papel hasta que un arquero se fija en ella, un libro es solo un conjunto de palabras hasta que alguien las da un sentido profundo en su corazón. Entonces se convierte en un instrumento poderoso capaz de transformarnos.

Aunque acababa de conocer a aquel hombre Laura se sentía tranquila e, incluso, con la confianza para contarle lo que le ocurría. No encontrar sentido a su vida y pensar que quizá así fuese el resto de sus días le suponía llevar encima una losa de mil kilos.

—Demasiadas cosas, si te soy honesta. Acabo de venir de hacerme el pasaporte. Estoy planeando irme un tiempo de mochilera por el mundo. Quizá en el viaje encuentre mi camino—, dijo Laura bajando la mirada y dejando entrever una pincelada de tristeza a través de sus ojos.

—Petrarca. Sí... Petrarca—, dijo rápidamente Damián, mientras se acercaba a un montículo de libros del cual extrajo uno de lomo finito, quizá con menos de cien páginas.

—Petrarca fue un filósofo y poeta italiano en el siglo catorce. Escribió este libro que no muchos conocen, pero que es una auténtica joya: *La ascensión al Mont Vent-toux,* una montaña de casi dos mil metros de altura a la que ascendió con su hermano Gherardo. Aunque lo cierto es que, en realidad, Petrarca no subió ninguna montaña...

—¡Ah!, ¿no?

—No. Petrarca, al igual que muchos de nosotros, no se encontraba satisfecho con las ideas y creencias que la sociedad de entonces le había transmitido como ciertas. Por eso creó esta historia que es solo una metáfora. ¿Te das cuenta? Hace setecientos años ya había gente que no veía nada claro qué hacer con su vida y que no creía que lo que la sociedad le planteaba diera sentido a su existencia. No sé, quizá esta fábula refleje un poco el momento por el que estás pasando, Laura. Ahí va:

En la historia de esa hipotética subida al Mont Ven-toux, Petrarca nos cuenta que un día él, junto a su hermano Gherardo que, por cierto, era monje, deciden hacer una excursión.

Gherardo era un hombre de una enorme fortaleza física y espiritual, tanto que, cuando tenía la convicción profunda de querer hacer algo, lo hacía.

Los dos hermanos llegaron a la falda del monte donde comenzaba la ascensión y, al poco de comenzar a andar, se encontraron con un viejo pastor de cabras.

El pastor, sorprendido por ver a dos caminantes por esos parajes, les preguntó hacia dónde se dirigían. Al escuchar que tenían la intención de pasar el día caminando hasta la cima de la montaña, el hombre les indicó que, cuando era joven, él también había intentado llegar hasta allí, pero que nunca lo consiguió. Tras unas horas de caminata, lo único que obtuvo fue un cansancio terrible, desilusión y unos pantalones rotos por las zarzas.

Así que, con su mejor intención, el pastor intentó convencerles de que se ahorrasen el trabajo. Era mucho más sencillo mirar las cumbres de las montañas desde donde estaban. Que se conformasen con eso que, en el fondo, no estaba nada mal".

—Curioso, ¿verdad? Lo que Petrarca nos describe es una actitud que ocurre cada día a nuestro alrededor: la de las personas resignadas que, a la mínima, dejan de intentar cualquier cosa.

Resignarse es empezar a morir, Laura. Cuando pensamos que todo está ya hecho, que es imposible comenzar algo nuevo o que no merece la pena mejorar en aquello que nos gusta, en cierto modo, estamos comenzando a morir. Porque la vida es eso: tener ilusiones, afrontar lo que nos trae cada día, superar las adversidades...

Petrarca nos dice que debemos huir como de la peste de aquellos que dicen que ya han llegado a su destino, de los que están satisfechos consigo mismos, de los que se conforman y no aspiran a más. Pero bueno, continúo con la historia...

"Los dos excursionistas escucharon al pastor, agradecieron sus palabras, pero no le hicieron mucho caso. Simplemente continuaron su marcha con la ilusión de llegar a la cima.

Pronto nuestros excursionistas se dieron cuenta de que, tal y como les había advertido el pastor, la subida no era nada sencilla. Gherardo, que era más decidido, comenzó a ascender en línea recta, aun siendo la pendiente muy inclinada, pero Petrarca comenzó a dar rodeos, tratando de encontrar un camino fácil para llegar a la cima.

La consecuencia fue que, mientras Gherardo ascendía rápidamente, Petrarca seguía en la parte baja, desanimado por un esfuerzo que no le lleva a ninguna parte. Si antes ambos se habían enfrentado a la resignación, ahora Petrarca era quien se tenía que enfrentar en soledad al miedo".

—Porque Petrarca, Laura, teme a la ascensión pero, sobre todo, teme al fracaso, sin darse cuenta de que el mayor fracaso está en no enfrentarse al reto, en no avanzar, en tener miedo al miedo. Eso es lo que nos ocurre cuando preferimos no pensar, cuando dejamos pasar el tiempo delegando nuestras decisiones vitales en otros, cuando nos evadimos de la realidad viendo Netflix, con las redes sociales, jugando con videojuegos o mirando qué nos compraremos en cuanto tengamos un poco de dinero, por poner algunos ejemplos actuales.

Es entonces cuando dejamos de ser humanos, de disfrutar del camino, de ascender a nuestro Mont Ven-toux particular. Dejamos de ser nosotros mismos y perdemos nuestra esencia.

Sigo con la historia.

> *En un momento dado y tras muchas dudas, Petrarca decidió seguir el ejemplo de su hermano y tomó el camino apropiado: una senda nada sencilla que le llevó a la cumbre. Al final de la tarde, cuando llegó allí, su hermano le estaba esperando.*
>
> *Cuenta que la vista fue impresionante: pudo ver los montes de la región de Lyon, el mar de Marsella y el que baña Aigües Mortes, así como el cauce del Ródano serpenteando. En ese momento Petrarca se sintió pletórico, deslumbrado por el espectáculo del mundo.*
>
> *Por unos momentos se quedó sin habla, ensimismado... y entonces, un pensamiento vino a su mente: "¡Qué poco sentido tenemos los hombres! Descuidamos la*

parte más noble de nosotros mismos. Nos dispersamos en especulaciones y espectáculos inútiles, buscando fuera lo que podríamos encontrar dentro".

A continuación, Petrarca comenzó a descender con una sonrisa en la boca.

Ya no era el excursionista miedoso que inició la ascensión sino que había cambiado radicalmente puesto que el poeta había comenzado el más difícil pero, al mismo tiempo, el más provechoso de los viajes: el que nos lleva a afrontar nuestros miedos y a superar las dificultades para alcanzar nuestra propia meta... Y eso está dentro de cada uno de nosotros.

Laura había escuchado cada palabra con extremada atención. Era como si esa historia retumbase en su interior. El filósofo había dado en el clavo: la historia de esos excursionistas le parecía la historia de su propia vida.

Ella seguía dando vueltas a esa idea de irse de mochilera. Temía que ese viaje no le llevase a ninguna parte. Volver a estar mirando hacia el lugar equivocado.

Damián, adivinando sus pensamientos, la interrumpió.

—Petrarca finalmente subió a la montaña. Tuvo miedo, sí. De hecho, todos lo tenemos. Absolutamente todos.

La diferencia es que, mientras algunos actúan a pesar del miedo, otros se quedan paralizados de por vida. A los primeros es a los que podemos llamar valientes.

—¿Qué me quieres decir, Damián? ¿Que debo ponerme a actuar ya?

—No, Laura. Yo solo quiero darte este conocimiento para que tú puedas tomar la decisión. Fue Petrarca el que finalmente optó por subir por el camino que Gherardo había escogido antes... No fue su hermano el que se puso a tirar de él sino que simplemente le mostró el camino. La decisión es tuya y no importa si en este momento no te sientes con fuerzas o el miedo te supera. Lo importante es que, decidas lo que decidas, sea tu decisión y no la de otros. Nadie va a venir a empujarte y, créeme, por supuesto que no seré yo quien te juzgue si no haces nada. Pero créeme también si te digo que lo que Petrarca cuenta es cierto: solo cuando subes a la montaña puedes ver ese paisaje impresionante, aunque lo impresionante no es el paisaje, sino tu cambio interior cuando afrontas los retos que la vida te envía.

Aunque la mayoría de las personas miden el éxito por alcanzar, o no, la cumbre, lo que Petrarca nos dice es que la clave está en el camino, en lo que te conviertes mientras vas en busca de lo que deseas. La mayoría se preocupa por los objetivos, por tener metas, mientras que el sabio nos dice que lo importante es afrontar nuestros miedos mientras perseguimos nuestros sueños, porque, en el fondo, no conseguimos lo que queremos sino lo que somos.

Laura permanecía en silencio, absorbiendo cada palabra que Damián pronunciaba con la convicción de quien habla desde lo que ha vivido.

—La decisión es tuya, Laura. ¿Deseas de verdad encontrarte a ti misma? ¿Andar ese camino a pesar de las dificultades que te vas a encontrar? ¿Qué elegirás? ¿Hacer como el pastor y lamentarte el resto de tu vida, tratando de convencer a quien lo intente de que es una locura... o como nuestros dos excursionistas, ponerte en marcha para subir a la montaña?

—Yo solo entré aquí por el gato—, respondió Laura en un pobre intento por decir algo. Sin embargo, tenía la sensación de que los engranajes de una máquina dormida se habían puesto, de repente, en marcha.

—Hoy pago yo esta ronda. Toma, llévate el libro. Es corto y sencillo de leer. Estoy seguro de que a Petrarca le hubiese gustado que te lo entregase en estas circunstancias...

—Muchas gracias, Damián. Lo leeré.

—Recuerda que todo está en los libros, pero solo tú puedes darles sentido. Cada libro es como ese espejo encerrado en un baúl esperando a que alguien lo mire y vea algo que le conmueva.

Y ten presente que la esencia de lo que escribieron hombres y mujeres hace cientos o miles de años, es perfectamente válida para nuestros días. Solo es cuestión de acercarse con la mente abierta y encontrar la manera de llevar a nuestro día a día las enseñanzas de todas esas grandes almas que han pasado por la vida antes que nosotros.

¿Sabes? Cuando Newton presentaba sus innovadoras teorías, lo hacía con una gran seguridad. Al preguntarle sus detractores cómo podía estar tan seguro de que lo que decía era cierto, él respondía: *porque yo camino a hombros de gigantes*.

Lo que realmente quería expresar es que sus teorías estaban fundadas en lo que otros grandes hombres habían hecho antes que él, auténticos *gigantes* del conocimiento humano. Ojalá, Laura, este sea el comienzo del viaje más increíble. El viaje hacia tu interior.

El gato parecía observar atento la escena, como si se enterase de todo lo que allí se estaba hablando. No sería la última charla de la que iba a ser testigo, ni de los acontecimientos inesperados que ya se habían comenzado a desencadenar.

UNA INVITACIÓN A LA REFLEXIÓN

1. ¿Cuál es, o cuáles son, las enseñanzas clave de este capítulo para ti?

2. El cuento del espejo nos habla de que cada persona ve su verdad, pero no la verdad, aunque la tenga delante. ¿Qué creencias tienes acerca de cómo son las cosas y que, si cambiasen, darían un vuelco a tu vida?

3. Petrarca finalmente subió al Mont Ven-toux. ¿Qué crees que hubiera sucedido si no lo hubiese hecho? ¿Cuál es tu Mont Ven-toux particular? ¿Qué es eso a lo que llevas dando vueltas mucho tiempo, pero que no te decides a hacer?

LO QUE QUIZÁ TE PREGUNTARÍA PETRARCA:

"Cualquier camino que emprendas o dejes en tu vida, comienza con una decisión.
¿Quién quieres que sea el responsable de tomarla?"

Sé tú

CAPÍTULO 3

Como diría Baltasar Gracián, *"lo bueno si breve, dos veces bueno, y aun lo malo, si poco, menos malo"*.

La lectura del pequeño libro, escrito hace más de siete siglos por Petrarca, iba calando, poco a poco, en Laura. Se veía reflejada en los tres personajes, a ratos en el cabrero, a ratos en Gherardo y a ratos en Petrarca, lo que le provocaba cierta risa. Imaginarse cuidando cabras, sirviendo como monja o siendo escritora eran alternativas que nunca había contemplado.

Pero en su interior se sentía removida por la enseñanza contenida en el libro. Se daba cuenta de que ese viaje como mochilera que estaba pensando iniciar hasta hace tan solo un par de días, había perdido algo de sentido tras leer esa metafórica subida al *Mont Ven-toux*.

Ahora empezaba a reconocer que su malestar, su inquietud por no saber cuál era su sitio, estaba dentro de ella y con ella seguiría dondequiera que fuese. No era necesaria otra mochila para saber cuál era su auténtica carga.

Bueno, pensó, dado que al menos he visto un poco de luz en el túnel en esa librería, quizá el camino sea por ahí. No pierdo nada por volver y hablar de nuevo con Damián. En el peor de los casos, podré atusar un poco al gato y, en el mejor, quizá me recomiende otro libro.

Así que en treinta minutos volvió a la librería sin tener muy claro qué le iba a decir al vendedor, ese amigo de los libros, animales y personas, por ese orden.

El trayecto se le hizo muy corto. Se sorprendió a sí misma admirando los árboles que se encontraba por el camino, fijándose en los rostros de las personas con las que se cruzaba y jugando a adivinar si eran o no felices por la manera en la que andaban, hablaban por teléfono, wasapeaban o cualquier combinación de las tres cosas al mismo tiempo.

Al abrir la puerta de la librería el gato, visiblemente amodorrado, la recibió estirándose como lo suelen hacer lo gatos. Primero estiró hacia delante sus patas todo lo que pudo, luego arqueó el cuerpo y, finalmente, hizo un rápido movimiento de cabeza indicando que ya había recuperado la consciencia y estaba dispuesto a hacer lo que mejor sabía hacer: de gato.

El minino se acercó a Laura para permitir que le acariciase y, cuando estaba a punto de cogerlo, escuchó la voz de Damián.

—¡Vaya! Tú de nuevo. No tenía claro que volvieses...

—Yo también me alegro de verte, Damián—, respondió Laura con un tono mitad burlón, mitad amable.

—Cuéntame... ¿A qué se debe esta visita?

Laura no sabía muy bien por dónde comenzar. Damián le infundía, a partes iguales, confianza y cierto respeto.

—Leí *La ascensión al Mont Vent-toux,* tu regalo. La verdad es que me ha parecido una pasada... Me siento muy identificada con los personajes.

—Me alegra mucho que lo hayas leído, Laura. No hay mucha gente que cumpla sus promesas—, dijo Damián.

—Bueno, la verdad es que después de tu explicación, tenía que leerlo. He venido porque me gustaría que me recomendases algo para seguir leyendo...

—Aquí tengo miles de obras—, dijo *El filosófo*. Necesito que me des alguna pista...

Lo obvio no necesita demostración: era tan cierto que había miles de ejemplares como ninguna idea clara en la mente de la joven. Laura, de repente, sintió la punzada de la angustia en su pecho y se dio cuenta de lo tonta que se sentía yendo a pedir consejo a una persona a quien apenas conocía sobre algo que no tenía muy claro.

En ese instante se volvió con la firme intención de salir huyendo, pero...

Se había olvidado de que el gato estaba merodeando por allí. Al girar, el pobre animal sintió el peso de Laura sobre su cola, soltó un maullido y salió huyendo despavorido por puro instinto de supervivencia.

Laura, a la que el ataque momentáneo de angustia no le había permitido ver más allá de sí misma, tropezó con el gato y, para evitar la caída, su único punto de apoyo fue una pila de libros que, en un instante, se fue al suelo con ella.

La escena formada en un segundo era un gato huyendo despavorido entre maullidos, una pila de libros sobre la que Laura estaba tumbada y un librero atónito ante lo que estaba viendo.

—¿Te has hecho daño?

—No, no... Solo ha sido el susto, pero estoy bien—, dijo Laura —Discúlpame, he tirado toda esta pila de libros sin querer.

—Son cosas que ocurren. Pero, no te preocupes, solo tienes que ordenarlos como estaban originalmente.

Ahora Laura era la que no daba crédito a lo que estaba escuchando. El trato al cliente era de lo más extraño que había visto nunca. Estuvo a punto de abrir la boca para hacer un comentario sobre cómo el orden de aquel lugar provocaría un infarto agudo de miocardio a Marie Kondo – la gurú mundial del orden – cuando Damián dijo:

—Era broma. Los ordenaré yo. Me preguntabas por algún libro, así que deduzco que sigues en tu búsqueda personal—, dijo *El filósofo* en un tono cercano.

—Así es. No tengo claro por qué he estudiado un Grado en Economía cuando realmente los negocios no me interesan mucho. La primera vez que vine aquí, quería hacer un viaje por el mundo y ahora, tras leer un pequeño libro, ya no lo tengo nada claro. Siento que no encajo en nada, pero no sé cómo avanzar...

—Para eso tengo una pequeña historia—, respondió Damián, quien tenía la facultad de convertir cada charla en una pequeña sesión de cuentacuentos.

"Érase una vez un jardín precioso con árboles de todo tipo: manzanos, perales, naranjos, grandes rosales... Todos ellos daban frutos o flores, por lo que eran muy felices.

Todos menos uno. Un árbol que, a diferencia del resto, no daba fruto alguno.

–No sé quién soy...,-se lamentaba-.

–Te falta concentración–, le decía el manzano. Si realmente lo intentas, podrás dar unas manzanas buenísimas... ¿Ves qué fácil es? Mira mis ramas...

–No le escuches, decía el rosal desde el otro lado del jardín. Es más fácil dar rosas. ¡Mira qué bonitas son!

Desesperado, el árbol intentaba todo lo que le sugerían. Pero, como no conseguía ser como los demás, cada vez se sentía más frustrado.

Un día llegó hasta el jardín un búho, el pájaro con fama de ser el más sabio de entre las aves. Al ver la desesperación del árbol, exclamó:

–¡No te preocupes! Tu problema no es tan grave... Tu problema es el mismo que el de muchísimos seres sobre la Tierra. No dediques tu vida a ser como los demás quieren que seas. ¡Sé tú mismo! Conócete a ti mismo tal como eres. Para conseguir esto, escucha tu voz interior...

–¿Mi voz interior? ¿Ser yo mismo? ¿Conocerme? –, se preguntaba el árbol angustiado y desesperado.

Después de un momento de desconcierto y confusión comenzó a meditar sobre estos conceptos. Finalmente, un día llegó a comprender. Cerró los ojos y los oídos, abrió el corazón y pudo escuchar su voz interior que le susurraba:

Tú nunca en la vida darás manzanas porque no eres un manzano. Tampoco florecerás cada primavera porque no eres un rosal. Tú eres un roble. Tu destino es crecer grande y majestuoso, dar nido a las aves, sombra a los viajeros y belleza al paisaje. Esto es quien eres. ¡Sé quien eres!

Poco a poco el árbol se fue sintiendo cada vez más fuerte y seguro de sí mismo. Se propuso ser lo que en el fondo era. Pronto encontró su espacio y fue admirado y respetado por todos.

Solo entonces el jardín fue completamente feliz cuando cada árbol fue feliz consigo mismo".

—Esta es la enseñanza, Laura: no hagas caso de los que te rodean y escúchate a ti misma. Ahí, en tu corazón, es donde está tu verdad.

—Lo sé, pero yo, como el roble, no sé quién soy—, dijo Laura. —Ese es el verdadero problema. No veo claro mi sitio en el mundo, cuál es mi camino... Me veo como una joven más, de entre los miles que cada año estudiamos una carrera universitaria y al terminarla no sabemos qué hacer. No sé, es como si fuese una lata de bebida de marca blanca... Y lo peor es que ni tan siquiera sé de qué sabor soy...

—Para eso sí que tengo una lectura interesante—, respondió Damián— La Biblia.

—¿La Biblia? Eso es religión—, respondió Laura.

—No. Es solo un libro. Sus enseñanzas son solo eso, enseñanzas. La manera en que se interpreten depende de cada uno.

—¿Y hay que leerse la Biblia entera?

—No si no quieres, aunque te lo aconsejo. Es el libro de los libros. El *best seller* entre los *best sellers*. Tiene más de dos mil años y yo sigo vendiendo algún ejemplar cada mes... Ahí te lo dejo... Pero, sobre todo, me ha venido a la mente una de sus parábolas: la de los talentos.

—No la conozco—, dijo Laura.

Damián fue a buscar un ejemplar de la Biblia y tras hojear entre sus páginas, enseguida encontró la parábola que buscaba. La había leído tantas veces, que le resultaba fácil dar con ella.

—Evangelio de Mateo, 25, 14 - 30.

"El Reino de los Cielos es también como un hombre que, al ausentarse, llamó a sus siervos y les encomendó su hacienda: a uno le dio cinco talentos, a otro dos y a otro uno, a cada cual según su capacidad; y se ausentó.

Enseguida, el que había recibido cinco talentos se puso a negociar con ellos y ganó otros cinco. Igualmente, el que había recibido dos, ganó otros dos.

En cambio, el que había recibido uno fue, cavó un hoyo en la tierra y escondió el dinero de su señor.

Al cabo de mucho tiempo, volvió el señor de aquellos siervos y se puso a ajustar cuentas con ellos.

Se llegó el que había recibido cinco talentos y presentó otros cinco, diciendo: "Señor, cinco talentos me entregaste; aquí tienes otros cinco que he ganado".
Su señor le dijo: "¡Bien, siervo bueno y fiel!; ya que has sido fiel en lo poco, voy a ponerte al frente de mucho. Entra en el gozo de tu señor".

Se llegó también el de los dos talentos y dijo: "Señor, dos talentos me entregaste; aquí tienes otros dos que he ganado". Su señor le dijo: "¡Bien, siervo bueno y fiel!; ya que has sido fiel en lo poco, voy a ponerte al frente de mucho. Entra en el gozo de tu señor".

Se llegó también el que había recibido un talento y dijo: "Señor, sé que eres un hombre duro, que cosechas donde no sembraste y recoges donde no esparciste. Por eso, me dio miedo y fui a esconder bajo tierra tu talento. Mira, aquí tienes lo que es tuyo".

Mas su señor le respondió: "¡Siervo malo y perezoso! Si sabías que cosecho donde no sembré y recojo donde no esparcí, debías haber entregado mi dinero a los banqueros. De ese modo, al volver yo, habría cobrado lo mío con los intereses".

Quitadle, por lo tanto, el talento y dádselo al que tiene los diez talentos. Porque a todo el que tiene, se le dará y le sobrará, pero al que no tiene, se le quitará hasta lo que tiene.

Y a ese siervo inútil, echadle a las tinieblas de fuera. Allí será el llanto y el rechinar de dientes".

—¡Menuda injusticia! Al que tiene poco se le quita para dárselo al que tiene mucho. En esto no estoy de acuerdo contigo, Damián. Para nada, — dijo Laura visiblemente enfadada.

—Esa es una posible interpretación del texto, pero no es la única—, contestó tranquilamente *El filósofo.*

—¿No? ¡Pero si es lo que dice!

—Laura, leamos entre líneas. Hace dos mil años los talentos eran una moneda, pero hoy hemos de entenderlo como nuestras aptitudes o dones, lo que hacemos bien sin que nos cueste esfuerzo. En lo que somos "buenos", por decirlo así.

—Por ejemplo, hay jóvenes que son muy buenos en cualquier deporte; no importa lo que hagan, siempre destacan. Otros memorizan un texto con solo leerlo una vez. Algunas personas son excelentes resolviendo problemas matemáticos. También hay personas que, de manera natural, conectan y entablan conversaciones con personas a las que previamente no conocían.

Lo que la parábola quiere transmitir es que debemos utilizar esos talentos, nuestros dones, al máximo y así, cuanto más los utilicemos, más aparecerán.

Por ejemplo, si se te da muy bien hablar en público, usa ese don para algo bueno; puedes dar voz, por ejemplo, a los que no la tienen. A partir de ahí, quizá puedas ofrecer charlas, o hacer programas de radio, o de televisión, o aparecer en una obra de teatro. Cuanto más uses un don, uno de esos talentos, más talentos, que ahora permanecen ocultos, te serán revelados.

Ahora bien, esa parábola tiene otra enseñanza. Fíjate que el Señor le dice exactamente lo mismo al siervo que le trajo diez talentos que al que le trajo cuatro. De hecho, los dos hicieron lo mismo: doblaron la cantidad que se les dio.

No importa cuánto se te dé. Lo importante es que lo uses todo cuanto puedas. Da lo mejor de ti en cada momento, en cada circunstancia de tu vida. Esa es la enseñanza.

Y no tengas duda: todos, absolutamente todos, tenemos al menos un talento, algo que nos hace únicos. Nuestra decisión es si lo utilizaremos, si arriesgaremos, si lo pondremos al servicio de algo mayor que nosotros o, por el contrario, por miedo, lo dejaremos de lado. Es en este último caso cuando la vida no nos recompensará y tendremos dificultades porque no hemos utilizado sabiamente lo que se nos ha dado.

Muchas personas pasan su vida quejándose de su mala suerte, poniendo excusas a lo que no les sale bien, siguiendo lo que otros dicen a la espera de que eso les traiga el éxito que persiguen y que, desafortunadamente, nunca alcanzarán. Porque lo que les sirve a otros no tiene por qué valerte a ti.

Tú tienes dones. Al igual que el roble, solo tienes que dejar que crezcan. Si solo persigues lo que otros te dicen, nunca llegarás a ninguna conclusión que te llene. ¿Me explico, Laura?

—Por supuesto, Damián.

Laura estaba visiblemente emocionada por las palabras de *El filósofo*. Parecía que cuando hablaba, el mundo se detenía para escucharlo.

—Me gusta charlar contigo, Laura. Vente por aquí cuando quieras. Ya ves que no hay mucha gente, así que encontraremos un momento para conversar, si eso te sienta bien. Además, seguro que el gato no te guarda rencor por el pisotón—, dijo *El filósofo* señalando al animalillo que, de nuevo, parecía mirarlos con mucha atención.

—Gracias, *filósofo*. Te tomo la palabra.

UNA INVITACIÓN A LA REFLEXIÓN

1. ¿Cuál es, o cuáles son, las enseñanzas clave de este capítulo para ti?

2.- El roble estaba completamente perdido hasta que recibió el mensaje del búho: no dediques tu vida a ser como los demás quieren que seas. Sé tú mismo.

¿Has tomado alguna decisión en tu vida siguiendo lo que otros esperaban de ti? ¿Cuál? ¿Sigues tomando decisiones, en tu trabajo, en tu familia, o en tu pareja..., basadas en las expectativas de otros? ¿Te sientes cómodo con esa situación?

3.- Detrás de tu mayor miedo se esconde tu mayor deseo. ¿Cuál es ese miedo y qué es lo que esconde?

LO QUE QUIZÁ TE PREGUNTARÍA JESÚS:

"Con total seguridad, hay algo que haces de manera excepcional. ¿Para qué estás utilizando ese talento que se te ha dado?"

Dos rituales mágicos

CAPÍTULO 4

Habían pasado varias semanas desde la última visita a la librería. Desde entonces, Laura se había dedicado, básicamente, a hacer listas de las cosas que le gustaban y que, además, se le daban bien.

Era ordenada y tenía mucho gusto para la estética. Además, conectaba bien con la gente; puede que no fuera el alma de la fiesta, pero sí era de esas personas con las que es fácil entablar una conversación.

Le encantaban los animales y hacía buenas migas con ellos. No entendía que hubiese personas que pudieran maltratarlos o que, simplemente, los consideraran como un capricho.

Hasta ahora no había estado muy interesada en la lectura, si bien, desde sus últimas charlas con Damián, había comenzado a aficionarse. Particularmente, por el momento de la vida en el que estaba, había comenzado a leer libros que trataban sobre desarrollo personal. Los de Filosofía aún le quedaban un poco lejos, lo que suplía con sus más que interesantes charlas con *El filósofo*.

Aunque pareciera que nada había cambiado, todo había cambiado. Seguía varada en la casa en la que convivía con sus padres y sus dos hermanas, sin saber muy bien cuál sería su próximo movimiento; pero, al menos, sí tenía claro cuál no iba a ser: irse de mochilera.

La idea de viajar le seguía pareciendo atractiva pero ya no sentía esa necesidad imperiosa. Se había dado cuenta de que viajar no era más que otra huida hacia delante, como la de estudiar Economía, y que ahí había pocas posibilidades, por no decir ninguna, de encontrar lo que estaba buscando, que no era otra cosa que a sí misma.

Si Petrarca la invitaba al viaje interior y Jesús a usar sus talentos, quizá ese fuese el auténtico camino. Ahora se sentía algo más tranquila, sin la necesidad de salir corriendo y, además, intuía que algo bueno podría pasar en su vida.

Laura vivía en una situación económica más que acomodada, fruto de los negocios que sus padres dirigían desde hacía tiempo, y no tenía que preocuparse, al menos a corto plazo, por buscar cualquier trabajo para tener un sueldo a fin de mes. No obstante, no tener una ocupación o una idea que desarrollar, también le angustiaba en algunos instantes.

Tenía ganas de hablar de ello con alguien, por lo que, recordando las últimas palabras de Damián en las que la invitaba a pasarse por la librería cuando desease un poco de conversación, decidió acercarse hasta allí dando un paseo.

En el trayecto, se paró en una tienda de mascotas para comprar un juguetito al gato. Era lo menos que podía hacer, en parte para aliviar la culpa que sentía por haberle dado un involuntario pisotón y, a su vez, para agradar un poco a Damián, del que esperaba que no se acordase del incidente con la pila de libros.

Cuando entró en la librería, Damián la recibió diciéndole: "puedes entrar tranquilamente. Ya he pegado los libros con *Loctite.* Así seguro que no se caen. Ya que no se venden, al menos no habrá que recogerlos".

El particular humor de *El filósofo* hizo que las esperanzas de olvido del incidente que Laura tenía depositadas en el tiempo transcurrido se disolviesen como un azucarillo en una taza de té caliente.

—Hola, Damián. Veo que tu sentido del humor te precede, especialmente a tus saludos.

—Buenos días, Laura.

—¿Está por ahí el minino? Le he comprado un juguetito... Ah, por cierto, ¿cómo se llama?

—Pues la verdad es que no le he puesto nombre—, respondió Damián. Hace ya unos días que no viene por aquí. Los gatos son así, no los puedes controlar, y no siempre hacen lo que tú quieres. En eso son iguales a las personas que tienen un espíritu libre.

—¡Vaya! —, dijo Laura con un punto de decepción en la voz. Esperaba verlo y jugar un poco con él... Volverá, ¿no?

—No te lo puedo asegurar. Otras veces ha desaparecido una temporada y luego ha regresado. Quizá esta vez suceda lo mismo... Pero, como te digo, no te lo puedo asegurar. De todos modos, muchísimas gracias por venir hasta aquí y por haber comprado el juguete.

—No hay de qué—, dijo Laura, a quien no le pasó desapercibido el detalle de que, de nuevo, en la librería no había clientes.

—Damián, me gustaría invitarte a un café y charlar un poco. Como veo que estás solo, podríamos tomar algo en la terraza de enfrente. Si llegara un cliente, podrás verlo y venir a atenderle.

Damián titubeó por un instante, pero finalmente aceptó la propuesta, dado que era lo más interesante que le había ocurrido en toda la mañana. O, mejor dicho, en muchas mañanas...

La *Coca-Cola zero cafeína y zero azúcar* (¿qué lleva eso entonces?) de Laura se enfrentaba en batalla a muerte, conceptualmente hablando, con el café con leche entera y azúcar del que Damián estaba disfrutando a pequeños sorbos.

Damián agradeció sinceramente a Laura su invitación.

—¿Sabes, Laura? La gratitud es una de las cosas más importantes de la vida. Muy poca gente la practica a diario. Y no te hablo solo de la cortesía o de la educación al decir gracias. No. Me refiero a la gratitud profunda, a la que nace del corazón, esa que no necesita palabras sino emoción.

La mayoría de las personas son extremadamente ingratas con todo lo que la vida les da. Siempre esperan algo más, pero no se dan cuenta de que nada más puede llegar si no agradeces aquello que ya tienes, por poco que te parezca.

—Bueno, Damián. Cuando te llega un gran regalo o te dan una sorpresa, creo que la inmensa mayoría de la gente sí que lo agradece.

—A eso me refiero, Laura. Lo que dices está bien, aunque sucede en muy pocas ocasiones en la vida. Lo que quiero decir es que, habitualmente, no agradecemos todo lo que tenemos, desde los pequeños detalles, como la sorpresa de que hoy hayas venido a verme y poder tomar este café, a cosas más sencillas, como el poder respirar, ver los colores, dormir de un tirón, caminar...

Podría hacer una lista de cientos de cosas, y seguro que tú también.

—Bueno. Por todas esas cosas no creo que haya nada que agradecer. Simplemente, son así, ¿no?

—Dile a una persona que no puede ver, que es normal ver los colores o pregúntale a alguien que está en la cama de un hospital, si no anhela poder dar un paseo. O coméntale a una persona cuyos seres queridos estén a miles de kilómetros, qué no daría por poder abrazarlos.

Laura se quedó pensativa por un momento. Nunca había reparado en la vida tan cómoda que tenía y lo poco que lo había agradecido.

Hay una historia que viene muy al caso, Laura. Es de Israel Meir Kegan, también conocido como Chofetz Chaim, un rabino que vivió hace un siglo. Quienes lo conocieron decían de él que era muy honrado, honesto y humilde.

"La historia cuenta que una vez un hombre salvó la vida del hijo del rey y como recompensa, le fue concedido el privilegio de pasar veinticuatro horas en la cámara del tesoro del rey, recogiendo toda la plata, el oro y los preciosos cálices que deseara.

Cuando llegó el gran día, él trabajó con todas sus fuerzas y logró amasar una enorme fortuna.

Desde aquel día en adelante, su riqueza aumentó hasta llegar a ser el hombre más rico y famoso del mundo. Cada año ofrecía un magnífico banquete a todos los nobles del país para conmemorar el evento. Esto continuó durante varias décadas, hasta que finalmente el resto del mundo olvidó el incidente original que dio origen a su fortuna.

Un día, en el transcurso del banquete anual, planteó una pregunta a sus acaudalados invitados: «¿Qué día es, a vuestro entender, el más hermoso de mi vida?»

«Seguramente, este», conjeturaron, «tomando en cuenta lo hermosa que ha sido ornamentada su mansión, las sillas están cubiertas de oro y sobre la mesa hay un despliegue de manjares exquisitos. Todos los nobles del país están sentados alrededor de su mesa y usted mismo está vestido con galas dignas de un rey».

El hombre respondió: «Efectivamente, hoy estoy muy contento. Sin embargo, hay un día que nunca voy a olvidar. Estaba hambriento y vestido con simples ropas de campesino, sin un solo sirviente para atenderme, y, sin embargo, el éxtasis de cada momento de aquel maravilloso día fue muchísimo más intenso que el alborozo que siento en este momento».

Los invitados murmuraron asombrados a medida que su anfitrión continuaba la narración: «Me refiero al momento en que se me permitió entrar en la tesorería del rey y llevarme todas las riquezas que pudiera recoger en un día. No comí ni bebí en absoluto, porque me negaba a abandonar el tesoro ni por un momento. Mi ropa era simple, nadie me servía y, pese a ello, mi alegría no tenía límites porque con cada momento que pasaba, veía crecer mi fortuna al descubrir otro precioso cáliz o gemas de valor incalculable».

«Así pasé las veinticuatro horas sin sentir ni hambre ni sed, a causa de mi enorme alegría. Hoy es diferente, ya he disfrutado de mis riquezas y galas por tanto tiempo que me he acostumbrado a ellas y no me producen tanta alegría».

—Y, Damián, supongo que ahora me dirás cómo se interpreta esta historia, porque, a simple vista, parece que era feliz solo porque estaba recogiendo tesoros.

—Eso es en sentido literal, pero no en sentido profundo. Los tesoros más importantes son los instantes que nos hacen sentir bien. Cuando hacemos aquello con lo que disfrutamos, el tiempo vuela y nos sentimos felices. Aunque no tengas nada y estés sola, como el hombre que recogía los tesoros, puedes ser enormemente feliz.

—Tú, Laura, no tienes ningún problema económico, gozas de buena salud, eres joven y tienes toda la vida por delante. Sin embargo, no te sientes feliz porque no acabas de encontrar tu sitio en este mundo, ¿me equivoco?

El silencio de Laura bastaba como afirmación.

—Como decía el Buda *"cuando estés en el camino correcto, lo único que tienes que hacer es seguir caminando"*. Ya estás en el camino y has dado pasos muy importantes, Laura, pero debes seguir andando.

Y el siguiente paso será agradecer de corazón cada cosa que tienes y que te sucede en la vida, comenzando por las más pequeñas, las que das por sentado porque las has tenido siempre, pero que para muchos son grandes lujos.

Agradece cada mañana al levantarte, ya solo por haber amanecido. Mucha gente que murió ayer tenía grandes planes para hoy, no lo olvides. Y al acostarte, da las gracias por haber disfrutado del día.

Puedes implantar un pequeño ritual diario de anotar tres cosas por las que agradecer de corazón el hecho de estar viva. Hacer eso, para mí, fue toda una transformación. Y por si no me terminas de creer, déjame añadir algo más: por muy mal que uno piense que esté, siempre hay alguien que desearía estar en su lugar.

—Te entiendo, Damián, pero a veces me resulta muy difícil—, respondió Laura. Pienso que lo que dices es cierto, pero no acabo de sentir esa gratitud.

—La manera de hacer fácil lo difícil es practicando, Laura. Al principio no te saldrá de manera natural, pero, poco a poco, esa sensación de gratitud será más perceptible y llegará un momento en el que se convierta en una forma de vivir.

—No lo pongo en duda, Damián, pero, además de eso, lo que me ocurre es que, en muchos momentos, cuando recuerdo cosas que me han sucedido, continúo sintiéndome enfadada porque me hicieron daño. Mis padres han trabajado mucho para tener lo que tienen, aunque haya sido a costa de no pasar tiempo ni conmigo ni con mis hermanas. Yo no pedí nada de eso y hubiera preferido que hubieran estado más tiempo con nosotras. Sin embargo, personas a las que consideraba mis amigas me han criticado a mis espaldas, diciendo que soy una *niña de papá* y que nunca he tenido que aprender a valerme por mí misma. Eso me duele muchísimo. Supongo que por eso trato de encontrar mi camino, hacer algo por mí misma que muestre lo que realmente valgo. En resumen, dar sentido a mi vida.

—Lo entiendo, Laura. No es agradable que nos juzguen, especialmente si solo se quedan en la superficie. Sin embargo, también he de decirte que responsabilizar a los demás de cómo nos sentimos no es el camino para estar bien. Mira, eso me recuerda otra historia.

"Un santón hindú estaba visitando el río Ganges con sus discípulos cuando se encontró a dos personas en la orilla gritándose con rabia. Se volvió hacia sus seguidores sonriendo y les preguntó:

–¿Por qué gritamos a los demás cuando nos enfadamos?

Después de pensarlo un momento, uno de los discípulos respondió:

–Gritamos porque perdemos la calma.

–Pero, ¿por qué gritar cuando la otra persona está a nuestro lado? También podríamos decir lo que necesitáramos decirle a la otra persona sin elevar la voz...

Los discípulos dieron algunas otras respuestas, pero ninguna de ellas satisfacía a los demás.

Finalmente el maestro les explicó:

–Cuando dos personas están enfadadas, sus corazones se alejan mucho. Para cubrir esa distancia deben gritar para poder escucharse entre sí. Cuanto más enojados estén, más fuerte tendrán que gritar para cubrir esa gran distancia.

Por tanto, ¿qué sucede cuando dos personas se enamoran? No se gritan sino que hablan dulcemente porque sus corazones están muy cerca. La distancia entre ellos es muy pequeña. Cuando se quieren aún más, ¿qué pasa? Susurran al estar sus corazones prácticamente unidos. Finalmente, no necesitan ni siquiera hablar o susurrar: solo se miran a los ojos y no hace falta nada más. Eso es lo cerca que dos personas están cuando se aman plenamente.

Antes de marcharse, el santón les dio un consejo:

—Así que, cuando discutáis, no dejéis que vuestros corazones se alejen ni digáis palabras que puedan distanciaros más de la otra persona o llegará un día en que la distancia entre vosotros sea tan grande que no os sea posible encontrar el camino de regreso".

Laura se quedó pensativa tras escuchar el cuento. A veces las cosas son así de simples: uno discute por una tontería, o algo le sienta mal, y eso hace que se aleje de la otra persona. Ocurre tanto en las mejores familias como entre los mejores amigos.

—Cuando discutas con alguien, o te moleste algún comentario, no dejes pasar las cosas, Laura. No permitas que tu corazón se aleje demasiado de la otra persona. Piensa que todos estamos inmersos en nuestra batalla interna, que el *juzgado de guardia* particular que cada uno llevamos en nuestra cabeza está siempre abierto y que no hemos de esperar a que la otra persona dé el primer paso para poder arreglar un conflicto o para decir lo que nos ha molestado.

Eso no quiere decir que quizá sintamos que esa persona ya no puede seguir siendo parte de nuestra vida. Si lo que nos ha dicho ha resultado particularmente doloroso, perdonar es comprender. Comprender a la otra persona, aunque no estemos de acuerdo con lo que piense, diga o haga. Comprender que quizá su rabia tenga un origen muy profundo y que, con toda seguridad, a quien más daña es a sí misma. Comprender que todos tenemos malos momentos y soltamos cosas de las que no nos sentimos orgullosos y de las que, en muchos casos, ya nos estamos arrepintiendo nada más decirlas.

El perdón es el segundo de los rituales para seguir avanzando en el camino de la vida.

—Lo que me cuentas, Damián, no me lo había dicho nadie. La verdad es que suena muy *filosófico*, aunque supongo que ese es el camino porque yo no conozco a ninguna persona que lo practique a diario.

—Efectivamente, tienes toda la razón: la parte más difícil es practicarlo. Dice un refrán: "obras son amores y no buenas razones".

Recuerda agradecer cada día y perdonar de manera incondicional, que no es sino comprender al otro. Y como *de bien nacido es ser agradecido*, Laura, muchas gracias por el café. Ha sido un momento precioso, pero he de volver a la librería. De veras que charlar contigo ha sido la alegría del día. Muchísimas gracias por tu invitación.

—De nada, Damián. Estate seguro de que volveré. No te vas a librar de mí tan fácilmente... ¡Ah!, y espero que el gato esté por ahí la próxima vez.

El filósofo se levantó de su silla. Mientras regresaba a la librería, se volvió un breve instante y miró a Laura de una forma extraña que ella no supo interpretar.

A pesar de los indicios, ninguno podía imaginar el giro de los acontecimientos que se avecinaba.

UNA INVITACIÓN A LA REFLEXIÓN

1. ¿Cuál es o cuáles son las enseñanzas clave de este capítulo para ti?

2. La gratitud por las pequeñas cosas es la que hace que lleguen las grandes cosas. Haz un listado de diez cosas pequeñas que puedes agradecer y léelo cada mañana al levantarte y cada noche al acostarte. Repite este ritual al menos durante treinta días seguidos. ¿Cómo te sientes cada vez que lees tu lista de gratitud?

3. Rememora los acontecimientos más impactantes de tu vida, especialmente los más dolorosos. ¿Sigues guardando rencor a alguien? ¿Cómo crees que te sentirías si lograses perdonar completamente a esa persona?

LO QUE QUIZÁ TE PREGUNTARÍA CHOFETZ CHAIM:

"El mayor disfrute es disfrutar de cada instante. ¿Estás agradeciendo lo que tienes o quejándote por lo que te falta?"

El filósofo

CAPÍTULO 5

En el año 170 un hombre se sentaba a escribir sus pensamientos, probablemente, tan solo para ordenar y recordar sus propias reflexiones, sin otro ánimo que el de estar consigo mismo.

Ese hombre no era uno cualquiera de entre los millones de millones que han habitado la Tierra. Ese hombre era Marco Aurelio, uno de los cinco grandes Emperadores Romanos.

Pensar en un *imperator* trae a la mente poder, grandeza, honor, riqueza, fama, gloria... En el caso de Marco Aurelio, ser emperador también le supuso tener que afrontar constantemente la guerra, una peste espantosa, un intento de derrocamiento por parte de uno de sus más cercanos aliados, extenuantes viajes por un imperio inmenso y quizá el mayor de sus errores: nombrar a su propio hijo, Cómodo, como el sucesor con el que comenzó la decadencia de su legado; el Imperio Romano.

Marco Aurelio en sus meditaciones dejó unas palabras atemporales:

"Lo que estorba la acción, promueve la acción.
Lo que se interpone en el camino, se vuelve el camino".

Esas eran las palabras que venían a la mente de Damián mientas leía la notificación recién llegada por correo postal. Era de su banco informándole de que, si no afrontaba las deudas, su microempresa entraría en concurso de acreedores, por lo que se liquidarían sus bienes para hacer frente a los pagos pendientes.

En la complicación está la solución, decía para sí Damián, pero ¿dónde? Toda su vida había estado ligada, de una manera u otra, a los libros y parecía que, en estos momentos, todo le apartaba de ellos.

Desde niño Damián había sentido fascinación por la lectura. Primero fueron los cómics de Tintín y de Astérix y Obélix; luego fueron todo tipo de libros juveniles y pronto, mucho antes de lo que por edad le hubiera correspondido, comenzó a leer a grandes de la Literatura como Calderón de la Barca o Dostoievski.

De ahí a conocer a los filósofos, medió solo un paso. Sumergirse en la lectura casi de manera obsesiva le hizo apartarse del resto de las personas que se entretenían con aficiones que exigían menos concentración.

Leer un libro de Séneca, para Damián, era como sentarse a tomar un café con el hombre que, siglos atrás, había escrito *El Tratado sobre la ira*. Los relatos sobre Pitágoras y su filosofía le llevaban a un tiempo lejano en el que todo estaba por hacer y las mentes preclaras mostraban el camino que durante decenios, siglos o milenios, seguiría la Humanidad.

Le causaba dolor el retroceso cultural de la Edad Media en la que, para bien o para mal, la religión se había apoderado del conocimiento en beneficio propio. Se imaginaba viviendo en un siglo sin libros, condenado a la ceguera más profunda que existe; la de la ignorancia.

Marx, Hegel, Kant o Unamuno... La lectura de estos colosos del pensamiento humano le habían dado nuevas perspectivas sobre cómo se había formado el mundo en el que vivimos. Cada lectura le iba llevando un poco más hacia su interior, a conocerse y a comprender el porqué del ser humano y de nuestra historia como raza.

Tantas horas de lectura le habían convertido en un *ratón de biblioteca*.

De ese interés por los libros surgió la idea de crear su librería, dedicada a todo ese conocimiento atemporal que, día a día, él había absorbido como una esponja. Damián pensaba que si esas lecturas le conmovían, ¿por qué no debería ocurrirle lo mismo a otros?

El filósofo dedicó días y noches a escoger cada obra que incluiría en su catálogo. Se imaginaba arropado por todos esos gigantes del conocimiento en una labor que iba mucho allá de sí mismo: enriquecer el mundo interior de cada persona que se acercase a su librería. Ese era el amor profundo que Damián sentía por los buenos libros y por las personas con la humildad suficiente para no dejar de aprender de lo que una buena obra les quisiese enseñar.

El pequeño detalle del que se olvidó al poner en marcha su negocio fue que el amor que profesas por algo es necesario, pero no suficiente para convertirlo en tu medio de vida. Hacen falta unas ciertas dotes para convertirlo en algo económicamente viable y, en el caso de una librería, el don de gentes era una cualidad habitualmente muy apreciada por los clientes.

Damián era más un autoconsumidor de las obras que ofrecía en su establecimiento que un hábil vendedor. Se concentraba tanto en la lectura que apenas atendía a sus clientes. Si bien es cierto que se volcaba con quien le preguntaba de manera sincera por obras o temas concretos, carecía de un sexto sentido para detectar cómo influir sobre un cliente indeciso o cómo utilizar de manera favorable a sus intereses el vasto conocimiento que tenía sobre las obras literarias que ponía a la venta.

Al principio no fue tan grave; no había ninguna otra librería en los alrededores, por lo que el cliente era casi un cliente cautivo. Esto hizo que Damián no tuviese que dedicar ni el más mínimo esfuerzo para salir de su zona de confort, que no era otra que la de centrarse más en los libros que en las personas.

Pero, como en todo negocio, acabaron apareciendo otras librerías que, poco a poco, le fueron restando clientes y beneficios. Damián era un hombre que se conducía con frugalidad: gastaba solo en lo necesario, sin excesos ni lujos. Con pequeños ingresos y los beneficios acumulados de los años de bonanza, había ido tirando... Hasta ese momento.

Las visitas de los clientes cada vez fueron más escasas, algo que inicialmente no preocupó a Damián, hasta que comenzó a ver cómo la cuantía de los pagos que vencían cada mes era superior a la de los ingresos.

Él siempre había tenido la esperanza secreta de que la librería sería su legado al mundo: cuando ya no estuviese, dejaría el local con todos sus libros a alguna fundación que hiciese buen uso de todo el conocimiento apilado por cada rincón del pequeño establecimiento.

Sin embargo, la realidad es tozuda y él no podía dejar de ver, día a día, cómo ese legado se tambaleaba. Por bonita y altruista que fuese la idea, quizá tuviese que ver cómo se desvanecía todo el trabajo, las horas y la recopilación de tanto saber.

Eso sí que es algo duro y difícil de aceptar para quien ha luchado día a día por lo que desea, para quien ha antepuesto seguir su corazón y su pasión a ganar dinero. Para quien era consciente de que todo se lo habían dado los libros y, en esos momentos, los libros (de contabilidad) se lo estaban arrebatando todo.

Cuando a su mente venían pensamientos sobre las dificultades que estaba atravesando, siempre se recordaba a sí mismo un cuento.

"Hubo una vez un rey que dijo a los sabios de su corte:

–Me estoy fabricando un precioso anillo. He conseguido uno de los mejores diamantes posibles. Quiero esconder dentro del anillo algún mensaje que pueda ayudarme en momentos de gran desesperación y que también lo haga a mis herederos, y a los herederos de mis herederos, para siempre. Tiene que ser un mensaje pequeño, de manera que quepa debajo del diamante del anillo.

Todos quienes escucharon eran sabios, grandes eruditos; podrían haber escrito grandes tratados, pero darle un mensaje de no más de dos o tres palabras que le pudieran ayudar en momentos muy complicados, era otra historia. Pensaron, buscaron y rebuscaron en sus libros, pero no encontraron lo que el rey les pedía.

El soberano tenía un anciano sirviente quien, a su vez, había servido a su padre. La madre del rey murió pronto y este empleado cuidó de él. Lo trataba como si fuera de la familia.

El rey sentía un inmenso respeto por el anciano, de modo que también le consultó. Y este le respondió:

–No soy un sabio, ni un erudito, ni un académico, pero conozco el mensaje.

Durante mi larga vida en palacio, me he encontrado con todo tipo de gente y, en una ocasión, conocí a un místico. Era invitado de tu padre y yo estuve a su servicio. Cuando se fue, como gesto de agradecimiento, me dio este mensaje. El anciano lo escribió en un diminuto papel, lo dobló y se lo dio al rey. Pero no lo leas -le dijo–. Mantenlo escondido en el anillo y ábrelo solo cuando todo lo demás haya fracasado y no encuentres salida a la situación.

Ese momento no tardó en llegar.

El país fue invadido y el rey perdió el reino. Huyó en su caballo para salvar la vida y sus enemigos lo perseguían. Estaba solo y los perseguidores eran numerosos. Llegó a un lugar donde el camino se acababa, no tenía salida. Enfrente había un precipicio y un profundo valle; caer por él sería el fin. Y era imposible volver porque el enemigo le cerraba el camino.

Ya se escuchaba el trote de los caballos. No podía seguir hacia delante y no había ningún otro camino.

De repente, se acordó del anillo. Lo abrió, sacó el papel y allí encontró un pequeño mensaje tremendamente valioso. Simplemente decía:

"Esto también pasará".

Mientras leía estas palabras sintió que algo cambiaba. Los enemigos que le perseguían debían de haberse perdido en el bosque, o tal vez haberse equivocado de camino, pero lo cierto es que, poco a poco, dejó de escuchar el trote de los caballos.

El rey se sentía profundamente agradecido al sirviente y al místico desconocido. Aquellas palabras habían resultado milagrosas. Dobló el papel y volvió a ponerlo en el anillo.

Con el tiempo reunió a sus ejércitos y reconquistó el reino. El día que entraba de nuevo victorioso en la capital hubo una gran celebración con música y bailes. Él se sentía muy orgulloso de sí mismo.

El anciano estaba a su lado en la carroza y le dijo:
–Apreciado rey, te aconsejo leer nuevamente el mensaje del anillo.
– ¿Qué quieres decir? –, preguntó el rey. Ahora estoy victorioso, la gente celebra mi vuelta. No estoy desesperado y no me encuentro en una situación sin salida.

–Majestad, – dijo el anciano –, este mensaje no es solo para situaciones desesperadas. También es para situaciones placenteras. No es solo para cuando estás derrotado; también es para cuando te sientes victorioso. No es solo para cuando eres el último; también es para cuando eres el primero.

El rey abrió el anillo y leyó el mensaje:

"Esto también pasará".

Y nuevamente sintió la misma paz, el mismo silencio en medio de la muchedumbre que celebraba y bailaba. El orgullo, el ego, había desaparecido y el rey pudo terminar de comprender el mensaje.

Lo bueno es tan transitorio como lo malo".

Y, finalmente, lo inevitable había ocurrido: Damián había recibido la notificación postal de su banco apremiándole al pago de su deuda o a la liquidación de sus bienes.

Al releer la carta, casi podía escuchar a Marco Aurelio diciéndole *"en la complicación está la solución"*, a lo que Damián le respondía, "¿dónde, imperator?"

Este soliloquio rondaba en su cabeza cuando, de repente, algo le sacó a Damián de sus pensamientos. El tintineo de la campanilla sobre la puerta avisó de la entrada del gato e hizo que el hombre dejase a un lado su lectura y colocase un cuenco con pienso y otro con agua, para que el minino saciase su hambre y su sed.

—Viene con frecuencia-, dijo el hombre dirigiéndose a una joven de cuya presencia se había percatado. Por puro interés, supongo, como cualquiera de nosotros..., aunque le he cogido cariño.

—¿No es tuyo?-, preguntó ella.

—No. Un día apareció, sin más. La verdad es que yo no tenía un especial apego por los animales, pero este es diferente; es un gato elegante, muy hablador y constantemente está pronunciando todo tipo de palabras gatunas. Poco a poco le he tomado cariño y lo cierto es que lo tengo "adoptado" pero, en realidad, un gato, como decís los jóvenes, *va a su bola*.

Pasa, puedes acariciarlo. Mientras come, suele dejarse.

La joven dio un paso y entró en la librería que, de un modo tan inesperado, se había abierto ante ella. Hasta el momento su atención había estado focalizada en ese gato de aspecto hipnótico y, apenas se había percatado de lo que realmente había en aquel establecimiento.

Ese había sido el momento del primer encuentro entre Damián y Laura, desde el que ya había transcurrido un mes. Aunque él no lo sabía, esa joven quizá fuese la última persona a la que tuviese la oportunidad de transmitirle parte de su enorme conocimiento.

Las señales siempre están ahí, aunque solo las vemos en el momento adecuado.

UNA INVITACIÓN A LA REFLEXIÓN

1. ¿Cuál es o cuáles son las enseñanzas clave de este capítulo para ti?

2. *"No obres como quien ha de vivir diez mil años. Mientras vives, mientras aún es posible, sé hombre de bien".*
(Marco Aurelio, 121-180 d.C).

¿Qué harías si supieses que tan solo te quedan treinta días de vida? Haz una lista de las diez cosas que te gustaría vivir. Recuerda: tienes solo treinta días...

3. Como las nubes, todo es pasajero. ¿Puedes recordar algún episodio de tu vida en el que pensabas que estabas al límite y del cual saliste?

LO QUE QUIZÁ TE PREGUNTARÍA MARCO AURELIO:

"¿Cómo puedes utilizar a tu favor la mayor dificultad que estás atravesando en estos momentos?"

Las sorpresas

CAPÍTULO 6

El día había amanecido resplandeciente. A un buen desayuno le había acompañado una música suave de fondo y un buen libro.

Laura seguía sin tener claro hacia dónde dirigir su vida, aunque quizá, la vida sí que tuviese un plan para ella. Mientas eso llegaba, lo que ella sí que había implantado era ese ritual matutino del *desayuno con libros.*

Estaba bastante más animada que el día en que se pasó a hacer su pasaporte, de lo cual hacía ya más de un mes. Rememorando aquel momento, hoy iría a ver a Damián. Quería sorprenderle y compartir con él una historia que quizá no conociese. Coqueteaba con la idea de ser, por una vez, maestra en lugar de alumna y eso le hacía sentir bien.

Laura había estado indagando en libros sencillos sobre crecimiento personal, fáciles de leer y que, habitualmente, contienen alguna historia. Ahí era donde había encontrado una que le parecía particularmente inspiradora.

"Esa historia era la historia de tres jóvenes monjes que no se conocían de nada y por casualidad, tomaron el mismo bote para viajar por el río Yodo, entre Osaka y Kioto.

Los monjes se llamaban Kokei, Manzan y Tetsugen.

Rápidamente entablaron conversación y en un momento dado, hablaron de las promesas que se habían hecho a sí mismos para contribuir al bien de sus comunidades.

Kokei comentó: "La Sala del Gran Buda se quemó durante las guerras, y no puedo soportar ver al Gran Buda de Nara expuesto a la lluvia. Antes de morir quiero reconstruir la Gran Sala".

Manzan, por su parte, compartió: "Para la Escuela Zen es muy importante saber cómo se ha transmitido la sabiduría desde que el gran maestro, Dogen Zenji, comenzó sus enseñanzas hace más de cinco siglos. Sin embargo, nadie sabe cuántas generaciones le separan del gran maestro y no hay nadie capaz de encontrarle ni pies ni cabeza a su árbol genealógico. Quiero arreglar esto para que cada uno pueda conocer con facilidad a qué linaje pertenece y cuántas generaciones le separan del Maestro".

Tetsugen hizo pública su promesa: "Aunque han pasado ya más de mil años desde que se introdujo el budismo en Japón, todavía no se ha publicado aquí una colección completa de nuestros libros sagrados, los sutras, en nuestro idioma. Estamos usando libros impresos en China y Corea. Si no queremos usar estos textos, debemos copiar cada libro uno por uno, lo que es una labor ardua. Es por eso que quiero imprimir la colección completa".

Pasaron veinte años después de ese encuentro.

Kokei recorrió todo el país reuniendo donaciones y, en 1709, se inauguró solemnemente la Sala del Gran Buda de Nara, conocida en la actualidad como la estructura de madera más grande del mundo.

También Manzan se mantuvo ocupado, logrando al fin en el año 1699 que el gobierno shogun actuase y cumpliera su promesa de corregir el desorden en la línea de sucesión.

Tetsugen cumplió espléndidamente con su parte, publicando en el año 1678 las escrituras completas, aunque la labor fue un poco más compleja.

La impresión de las escrituras requería del grabado de cientos de miles de placas de madera, algo sumamente costoso, pero a lo que Tetsugen se dedicó con una devoción sobrehumana.

Tetsugen comenzó viajando y recolectando donaciones para este propósito. Algunos simpatizantes le daban cien piezas de oro, pero la mayoría de las veces solo recibía monedas pequeñas.

Fuera cual fuera la aportación, Tetsugen la recibía con igual gratitud.

Después de diez años, Tetsugen tenía suficiente dinero para comenzar su tarea. Sucedió que en ese momento el río Uji se desbordó, a lo que siguió el hambre. Tetsugen tomó los fondos que había recogido para los libros y los gastó para salvar a otras personas de la hambruna.

Luego reanudó su labor de recolección de fondos. Cuando el dinero obtenido de la segunda colecta era ya suficiente para la publicación, la hambruna azotó de nuevo el lugar y, como la vez anterior, Tetsugen donó a las víctimas todo el dinero que había recaudado.

Por lo tanto, Tetsugen comenzó de nuevo una tercera vez.

El primer día de la colecta Tetsugen se detuvo a la entrada del Puente Sanjo, un puente muy transitado, disponiéndose a solicitar donaciones a los transeúntes. El primer hombre en pasar fue un samurái quien, a pesar de las fervientes súplicas de Tetsugen, pasó de largo fingiendo no darse cuenta.

Pero Tetsugen continuó andando detrás de él:

-Por favor, contribuye a esta noble causa, aunque sea con una pequeña cantidad, mi noble samurái.

-No-, respondió secamente.

-Por favor...

-¡No!

Esta conversación se mantuvo durante cuatro kilómetros. Al final, y muy a su pesar, el duro samurái se cansó, y no sin antes expresar su queja diciendo "¡Qué monje tan pesado!", lanzó una moneda a Tetsugen.

-"Gracias. Gracias"-, le dijo Tetsugen. "Muchas gracias, señor".

Al ver cuán cortésmente Tetsugen recibió el dinero y lo agradecido que se mostraba, el samurái preguntó:

"Honorable monje, ¿puedes decirme por qué estás tan feliz después de haberme seguido hasta tan lejos y haber recibido solo una moneda?"

"Esta es la primera donación que recibo después de haber hecho una gran promesa y eres la primera persona que ha donado; si no hubiese recibido esta

primera moneda, quizás la duda hubiese invadido mi mente. Pero ahora que he recibido esta donación estoy firmemente convencido de que podré cumplir con mi promesa. Es por eso que estoy feliz", respondió Tetsugen.

Luego regresó al mismo lugar a la entrada del Puente Sanjo.

Veinte años después de comenzar su tarea, Tetsugen pudo reunir el dinero suficiente para imprimir la colección de sutras que conocemos actualmente como Edición Obaku que consta de seis mil setecientos setenta y un volúmenes.

Los japoneses les dicen a sus hijos que Tetsugen hizo tres conjuntos de sutras: dos de ellos son invisibles y superan incluso a la belleza del impreso que se guarda en Kioto.

Mientras se acercaba a la librería, Laura casi podía ver la cara de sorpresa de Damián cuando le contase la historia de los libros invisibles de Tetsugen.

Sin embargo, al cruzar la plaza, vio algo extraño. Inicialmente no reparó en ello, pero pronto fue consciente de la situación y una intuición hizo que el corazón le diese un vuelco: había un camión de mudanzas delante del establecimiento.

Los operarios de las mudanzas entraban y salían de la librería portado cajas pesadas, a juzgar por el esfuerzo que les tocaba hacer para colocarlas dentro del camión. No era muy difícil adivinar su contenido: libros.

A cada paso que daba, más fuerte le latía el corazón y una sensación de ansiedad se adueñaba de ella. Al llegar a la librería, el gato la recibió cabizbajo, como avanzándole lo que en breves momentos Damián le iba a contar.

—Hola, Damián. ¿Te mudas?

—No, Laura. Me desahucian.

—¿Cómo? Pero, ¿por qué?

—Bueno, tú misma lo has visto: lo que vendo no tiene mucho interés para la gente y, si no hay clientes, no hay ingresos y, si no hay ingresos...

La tristeza propia de una pérdida profunda se adueñó por un instante de Laura. Aquella situación implicaba que se acababan las charlas con Damián, las visitas para ver al gato, pero, sobre todo, suponía la pérdida de la conexión que tenía con el lugar que le había permitido descubrir los libros y que le había ayudado a dar un giro a su vida.

Una oleada de rabia cruzó por su cuerpo cuando uno de los operarios de la mudanza, por accidente, tiró una pila de cajas de libros y vio cómo Damián, derrotado, solo pudo soltar unas lágrimas.

Laura entendía lo duro que era para *El filósofo* ver cómo su mundo se desmoronaba y, aunque no lo sabía a ciencia cierta, podía intuir que lo que estaba viendo en el exterior era solo un reflejo de lo que estaba pasando en su interior.

De repente, una idea cruzó por la mente de Laura:

—¿No hay nada que se pueda hacer, Damián?

—Nada. Salvo que tengas unos buenos miles de euros y los quieras invertir en un negocio sin futuro... Creo que no.

—¿Y si los pudiera conseguir?

UNA INVITACIÓN A LA REFLEXIÓN

1. ¿Cuál es o cuáles son las enseñanzas clave de este capítulo para ti?

2. "*Nulla dies sine línea*" (*Ningún día sin una línea*). Según cuentan, el griego Apeles de Colofón, pintor de cámara de Alejandro Magno, no dejaba pasar un solo día sin dibujar, aunque solo fuera una línea. ¿Qué es eso que te entusiasma y con lo que te comprometes a hacer algo, por pequeño que sea, cada día?

3. Imagina, por un instante, que dentro de trescientos años alguien recordase una hazaña tuya equivalente a lo que Kokei, Manzan o Tetsugen realizaron allá por el 1700. ¿Cuál te gustaría que fuese esa gesta, ese acto que merece la pena ser recordado por millones de personas siglos después?

LO QUE QUIZÁ TE PREGUNTARÍA TETSUGEN DOKO:

"Si tu sueño no te parece inalcanzable, es que tu sueño no es lo suficientemente grande.
¿Con qué gran labor de servicio a la Humanidad estás totalmente comprometido?"

Todo gira en un instante

CAPÍTULO 7

—¿De veras podrías hacer eso, Laura?

—Estoy casi segura, Damián. Mis padres se dedican a comprar y reformar inmuebles en las mejores zonas de la ciudad, obteniendo un buen beneficio. Este local encajaría en su idea.

—Entonces, ¿crees que querrían invertir aquí?

El ADN de mujer de negocios que Laura llevaba en sus genes sin saberlo, estaba a punto de activarse. Si Tetsugen Doko tardó veinte años en conseguir el dinero necesario para imprimir los textos sagrados, Laura no tardó ni veinte segundos en articular un plan para salvar la librería.

—Yo veo grandes posibilidades en este local. Está situado en una plaza donde habitualmente pasa mucha gente y en especial, gente joven, de mi edad. Creo que lo que le falta a esta librería es convertirse en un lugar más acogedor, un lugar donde los libros hablen y el tiempo se detenga.

Damián era el que, en esta ocasión, escuchaba atentamente.

—Me has contagiado el gusto por la lectura y has hecho posible que comenzase a dar un giro a mi vida. Estoy convencida de que otras muchas personas están buscando eso mismo y tú puedes hacerlo, Damián. Puedes ayudarles igual que lo has hecho conmigo.

Damián hizo un gesto de disconformidad. Pasarse el día hablando con veinteañeros no era lo que tenía planificado. Laura captó al instante el pensamiento que atravesaba la mente de Damián y continuó sin dejarle pronunciar palabra.

—Escúchame, Damián. Hay librerías que se visitan solo por ver su interior, el gusto con el que están colocados los libros y los estantes de maderas nobles. Lo puedes ver en las fotos que suben los viajeros en sus redes sociales. En esta librería, además de eso, los libros hablarían por tu boca: contarías las historias que me has contado a mí y la gente, créeme, vendría para escucharte y para comprar libros. En los momentos en los que citas a los grandes de la Filosofía, el tiempo se detiene.

Además, podríamos crear un club de lectura: tendríamos una parte del local destinada a que pequeños grupos se pudiesen sentar, charlar y tomar un café contigo mientras comentáis el libro del mes. Es una iniciativa que funciona muy bien para atraer al público y vender obras.

—Espera, Laura. ¿Por qué crees que tu idea triunfará donde antes yo he fracasado?

—No te ofendas, Damián, pero creo que lo que necesita este negocio es una cara amable y que sea acogedor. Yo sería esa cara amable, mis padres los inversores para convertir el local en acogedor y tú el que transmitiese el conocimiento. ¡El plan es perfecto y funcionará!

La pasión que Laura destilaba al hablar del proyecto de esa nueva librería iba *in crescendo*. La idea no sonaba nada mal, pero como Damián bien sabía, toda rosa tiene espinas.

—Entonces Laura, entiendo que tú, o tus padres, pasaríais a ser los propietarios de la librería y yo vuestro empleado. ¿Es así?

—Sí, respondió Laura. Pero de esta manera tú podrás seguir entre libros y, principalmente, salvar el negocio. Es cierto que tendrías que hablar más con la gente, quizá dar alguna charla semanal para atraer al público, pero te quitarás de encima el problema del desahucio. Creo que es una muy buena opción.

Sin embargo, *El filósofo* no escuchaba la alternativa al desahucio con la misma euforia con la que Laura la explicaba. Para quien no ha luchado toda una vida por un sueño, le es difícil entender lo que supone renunciar a algo tan importante, por muy razonable que parezca.

Damián se había sentido muy a gusto en sus charlas con Laura. Hablar con gente joven, rejuvenece el alma. Pero mentiría si dijese que no sentía rabia por el hecho de no haber podido mantener su librería a flote después de tantos años de dedicación. En su lugar, debía permitir que le rescatara una joven adinerada a la que él mismo había introducido en su mundo.

Sabía que en esos momentos en los que las emociones toman el control, la máxima que se debe aplicar es:

"Ni prometas cuando estés eufórico,
ni respondas cuando estés enfadado,
ni decidas cuando estés triste".

Quizá lo mejor fuera adelantar su jubilación y retirarse. Damián tenía guardados unos ahorros en caso de que esto sucediese, siguiendo un consejo que había leído para todo aquel que se adentra en el mundo de los negocios: *"espera lo mejor y prepárate para lo peor".*

—Tengo que pensarlo, Laura—, respondió Damián con toda la tranquilidad de la que fue capaz de hacer acopio en ese momento. Dame un par de días para reflexionar y te cuento.

—Claro—, respondió Laura. Por mi parte, yo hablaré con mis padres.

Ahora la pelota estaba en el tejado de Damián: estaba, quizá, ante la decisión más difícil de su vida.

UNA INVITACIÓN A LA REFLEXIÓN

1.- ¿Cuál es o cuáles son las enseñanzas clave de este capítulo para ti?

2.- La más pequeña de las acciones vale más que la más grande de las intenciones. Laura dio un paso importante para salvar la librería, a pesar de no saber si finalmente Damián aceptará su propuesta.

Revisa mentalmente tu último mes. ¿Qué acciones has realizado en estos últimos treinta días sin saber si realmente iban, o no, a darte los resultados que tú esperabas?

3.- Lo fácil a corto plazo, lleva a una vida difícil a largo plazo. Lo difícil a corto plazo lleva a una vida fácil a largo plazo.

Damián se encontraba en dificultades por haber hecho lo que para él era cómodo en el corto plazo: ocuparse más de los libros que de sus clientes.

¿Qué cosas estás haciendo en este momento que te llevarán a una vida difícil con el tiempo? ¿Qué cosas quieres comenzar a hacer en las próximas veinticuatro horas que te llevarán a la vida que deseas a la larga?

LO QUE QUIZÁ TE PREGUNTARÍA DAMIÁN:

"Ante una decisión importante,
¿debo dejar que la tome mi cabeza, pensando en lo que más me conviene, o que sea mi corazón el que decida, siguiendo lo que realmente siento?"

El Legado

CAPÍTULO 8

A veces el camino más acertado es, además, el más sencillo.

Laura habló con sus padres, quienes aceptaron su idea de inmediato. ¿Qué padres, en su misma situación, no lo harían? La inversión tenía un bajo riesgo que, por supuesto, podían afrontar y su hija, por fin, estaba ilusionada con ese proyecto con el que definitivamente, comenzaría una nueva etapa en su vida.

Damián, por su parte, había estado reflexionando en soledad la propuesta de Laura. Ya había tomado una decisión y este era el momento de comunicársela.

La oferta que Laura le había hecho, era realmente buena: él daría alguna pequeña charla en la librería sin ánimo de vender nada sino simplemente, compartiría todo su conocimiento a través de historias que pertenecen a la Humanidad: cuentos, fábulas, parábolas... Pero, como bien es sabido, toda decisión, implica una renuncia: la renuncia a parte de sus sueños.

—¿Cómo está mi filósofo favorito? —, preguntó Laura nada más ver a Damián entrando por la puerta de la cafetería cercana donde habían quedado para charlar.

Un abrazo y una sonrisa de Laura actuaron como un rompehielos en medio de un mar helado.

—Te estaba esperando con un *cappuccino*. Lo tienes que probar, Damián. ¡Está de muerte!

—En esto te haré caso, Laura—, respondió Damián.

—¿Eso quiere decir que en otras cosas no? —contestó Laura, que comenzaba a aficionarse al arte de responder con una pregunta. De todos modos, déjame que te cuente: ¡mis padres han aceptado la idea a la primera! Están convencidos de que la librería puede funcionar bien y yo estoy deseando que nos pongamos en marcha. ¿Qué me dices? ¿No es increíble cómo se están desarrollando las cosas?

Damián respiró profundamente antes de hablar.

—Esto no me es nada fácil, Laura. He estado pensado en tu oferta que, la verdad sea dicha, es realmente tentadora. Ni por asomo me hubiese imaginado hace solo dos días tener una oportunidad así. Pero lo que realmente siento es que ese no es mi camino.

Laura sintió como si un cubo de agua helada se hubiese derramado sobre su cabeza.

—Yo no soy de dar charlas o de hablar con gente joven, por muy agradable que sea. No ha sido mi estilo en estos sesenta años de vida y no lo será a partir de ahora. Lo mío es otra cosa, créeme.

Así que he decidido jubilarme. Tengo unos ahorrillos que son más que suficientes para alguien sin vicios caros como yo.

—Damián..., ¡no me digas eso! ¡Te necesito para poner en marcha el local sin que ninguno de los dos tengamos que renunciar a nuestro sueño!

—Ya he pensado en eso, Laura. Mientras ejecutáis la reforma, podemos trabajar juntos para que aprendas más sobre algunas obras clave. Estoy seguro de que en unos meses estarás a un gran nivel para iniciar tú sola la nueva etapa. Creo que no me necesitas para nada más.

—Entonces, ¿es tu decisión final? Unos meses para hacer el traspaso y ¿ya?

—Así es.

Laura no podía disimular su desilusión al comprender que la decisión de Damián era firme y no admitiría contraofertas. Ese no era el final que Laura había imaginado para esa charla.

Los tres meses siguientes fueron muy ajetreados; Laura no paró de contar su proyecto a sus amistades, a las amistades de sus amistades y, en general, a todo el que se cruzó en su camino, ya fuese de manera real o virtual.

Durante ese tiempo *El filósofo* estuvo muy ocupado seleccionando los títulos que consideraba que se adaptarían mejor a un público joven o de mediana edad que probablemente, no conocía la riqueza de la sabiduría que encerraban los filósofos con los que él había tomado un café tantas y tantas veces.

Al mismo tiempo, explicaba a Laura cada uno de esos libros: por qué los había escogido, cuál era el conocimiento profundo que albergaban y alguna historia que podría leer a sus futuros clientes.

Esos meses pasaron volando hasta el día que Laura y Damián habían pactado para terminar con todos los papeles que abrían la puerta a la jubilación de *El filósofo.*

Hoy era ese día.

—¿Cómo te sientes, Damián?

—Tranquilo, Laura. La verdad es que es un final muy bonito para mi etapa laboral.

—¿Me lo dices de corazón? —, preguntó Laura tratando de escudriñar la verdad en la mente de Damián.

—Claro que sí. Reconozco que no es como me lo había imaginado, pero esto conservará el espíritu de lo que yo siempre deseé. ¿Sabes, Laura? Nunca pensé que cuando apareciste por la puerta esto podría ocurrir.

—Estoy muy contenta de haber entrado aquel día, atraída por *Bichibú*—, dijo Laura tratando de disimular su profunda emoción.

Porque ese era el nombre que finalmente Laura había escogido para el felino al que, hasta entonces, Damián simplemente llamaba gato.

Nada más pronunciar Laura ese nuevo y extraño nombre, el gato se puso a maullar, signo inequívoco para ella de que, efectivamente, le gustaba. *"Alea jacta est"*, como diría Julio César.

—O sea, ¿que todo fue por un gato?—, preguntó Damián.

El silencio y la cara de complicidad de Laura dejaba clara la respuesta.

—¿Te lo llevarás, Damián?

—Un gato no pertenece ni a un lugar ni a una persona.

De hecho, ya sabes, el gato escoge en cada momento lo que considera. Y creo que, viéndole ahí, en su rincón, ya ha escogido dónde quedarse, al menos de momento.

Lo cierto, Laura, es que has aprendido muchísimo en estos meses, a amar a los libros y a sus historias y a admirar el legado de todas y cada una de las personas que han trasladado su sabiduría a las páginas de un libro. Y eso es algo que yo respeto profundamente.

De hecho, Laura, voy un paso más allá. Tú creías que venías a la librería buscando tu camino pero, en realidad, el que encontró su camino fui yo a través de ti.

En esos dos días tan duros para mí en los que estuve dándole vueltas a tu propuesta, me di cuenta de que mi vida había estado siempre ligada a los libros. Toda una vida contando historias que otros habían escrito pero que, sobre todo, otros habían vivido. Ya es hora de que yo comience a vivir mis propias historias.

Así que he decido comenzar a viajar a todos los sitios donde estuvieron los grandes filósofos a los que admiro. Italia, Grecia, quizá Japón... Viajes para empaparme de la atmósfera en la que ellos crearon y desde la que sus pensamientos han llegado hasta nosotros en forma de obras literarias inmortales. Siento que eso inspirará en mí otras grandes historias.

Laura sentía a la vez la alegría que Damián reflejaba al hablar de su futuro y, al mismo tiempo, la tristeza por su inminente marcha.

—Pero no quiero marcharme sin contarte una historia más, Laura. Una historia que me escogió a mí en esos días en los que meditaba esta decisión.

"Cuenta que un hombre, al morir, subió al cielo para encontrarse con el Creador. Este, al verle, propuso que juntos repasasen su vida.

Ante ellos apareció una gran pantalla en la que los diferentes acontecimientos se fueron sucediendo: su nacimiento, sus primeras enseñanzas, sus aprendizajes de joven, sus parejas, sus trabajos, sus momentos de enfermedad, de felicidad, sus logros y sus fracasos.

El hombre, al verlo todo, le comentó al Creador:

-Señor, he visto que a lo largo del camino de mi vida en muchos momentos había dos pares de huellas. Unas eran las mías y la otras, supongo, las tuyas.

El Creador, asintió.

-Sin embargo, en los momentos duros, en los más difíciles, donde perdí toda la esperanza, solo vi unas

huellas. Intuyo que esas huellas eran las mías y que, en esos momentos, tú me dejaste solo. Con humildad, Señor, me permito preguntarte: ¿Por qué hiciste eso? ¿Por qué me abandonaste?

El Creador le miró con amor infinito y sonriendo le contestó:

-En esto último te equivocas. Durante los malos momentos es cierto que solo había unas huellas, pero no eran las tuyas, sino las mías llevándote en mis brazos.

—Sé que todas las adversidades, Laura, me han traído hasta este momento y sé que Dios ha estado a mi lado en cada instante, por duro que haya sido el camino.

Laura no pudo reprimir unas lágrimas ante la profunda emoción que esta historia le había provocado.

—¡Enhorabuena por lo que has conseguido, Laura! Nunca hubiera podido imaginar a alguien mejor para seguir con todo esto y, por supuesto, el nombre que escogiste para la librería después de su reforma hace honor a lo que siempre quise que fuese: El Legado.

FIN

UNA INVITACIÓN A LA REFLEXIÓN

LO QUE QUIZÁ TE PREGUNTARÍA EL AUTOR DE ESTE LIBRO:

"¿Cuál te gustaría que fuese tu legado?"

AGRADECIMIENTOS

Un libro no es solo el trabajo del autor cuyo nombre aparece en la portada, sino el de todas las personas que han contribuido con su granito de arena para que finalmente, salga a la luz.

En primer lugar, quiero agradecer a Petrarca, a Jesús de Nazaret, a Chofetz Chaim, a Marco Aurelio, a Tetsugen Doko y a todos los autores anónimos cuyas historias circulan por internet que me hayan permitido usar sus textos para elaborar esta historia. Sin ellos y su legado, esta obra no hubiese sido posible.

Cuando el texto estuvo mínimamente presentable se lo entregué a mis cinco lectores cero: esos críticos amigos que aportan generosamente su tiempo y su sabiduría para que la obra comience a crecer. En esta ocasión, Almudena Galán, Ana María Sánchez, Carmen Martín, Pascual Serrano y Rebeca López fueron los que aceptaron mi invitación. Me emociona ver el cariño que le han puesto a la revisión del texto por la cual, la historia, sus personajes y las preguntas para la reflexión, poco a poco, se mostraron más nítidos gracias a sus mensajes y sus no pocos golpes de tecla.

Si hay algo en lo que no me canso de insistir es que a cada uno de nosotros se nos han concedido dones y talento que tenemos la obligación de mostrar al mundo. Guiomar Serrano aceptó, desde el instante en el que se lo pedí, el reto de hacer la ilustración de la portada, poniendo su enorme talento al servicio de la obra. Adriana Juan, por su parte, invirtió unas cuantas horas para lograr obtener una foto con la que el autor estuviese satisfecho. Mil gracias a ambas.

La confianza es una de las piezas clave del puzle de la vida. Estoy muy agradecido a Raquel López Iglesias y a todo el equipo de Liter_aquel por el detalle con el que han revisado la obra y la profesionalidad con la que han gestionado el proyecto.

Y, por último, soy consciente de que solo soy el voluntario que decidió poner sus manos al servicio de lo que la vida decidió entregarme. Agradezco que esta obra me haya escogido a mí para que viese la luz.

SOBRE MÍ, RAMÓN MAUREL

Licenciado en Ciencias Químicas, durante más de veinte años fui directivo en áreas de calidad y sostenibilidad de grandes empresas como Loewe, El Corte Inglés, Panrico o Wrigley's, trabajando en 15 países distintos durante esa época.

En 2015 me sumergí en el mundo del crecimiento personal y ahí fue cuando empecé a replantearme "para qué" había hecho todo lo que había hecho y si realmente deseaba seguir por ese camino hasta el fin de mis días.

La respuesta fue "NO", un acto de "sincericidio" del que en 2017 salió la decisión de dar un giro de 180º a mi vida y comenzar otra enfocada en el desarrollo personal y el liderazgo.

Dejé atrás todo lo anterior y creé mi programa de desarrollo del liderazgo para personas y organizaciones centrado en la idea de propósito: aquello que nos inspira a vivir y da sentido de trascendencia a nuestra labor.

Mi propósito es simple: que conectes con lo que realmente eres, con tu corazón y que tu vida no esté guiada por esos miedos que te impiden vivir en paz.

Soy autor de "El Legado" (junio 2021) y de la trilogía sobre liderazgo "El Líder Interior" de la que ya están publicadas mis dos primeras obras: "El Líder Interior" (2018) y "El Rugido de la Oveja" (2020).

OTROS LIBROS DEL AUTOR

NOTA DE AUTOR

Gracias por compartir tu tiempo conmigo; para mí ha sido un placer acompañarte durante la lectura de este ejemplar.

Si estás interesado en profundizar sobre el paradigma de "El Legado" puedes:

Conectar conmigo a través de LinkedIn, donde comparto habitualmente mi visión sobre diversos temas.

Visitar mi web www.ramonmaurel.com, donde encontrarás una gran cantidad de material gratuito y toda la actualidad sobre mis conferencias, eventos, seminarios de formación...

Suscribirte a mi *newsletter*, donde recibirás periódicamente videos, las nuevas entradas de mi blog y otros recursos que desarrollan las ideas de "El Legado".

Matricularte en alguno de los seminarios on-line o presenciales que encontrarás en www.ramonmaurel.com.

Y si crees que este libro puede servir a otros para despertar su maestro interior, puedes marcar la diferencia:

Regalando "El Legado" a amigos, compañeros, familiares o incluso a desconocidos. Si llega a sus manos, seguro que no es por causalidad.

Añadiendo una valoración y un comentario en la web de la tienda donde lo adquiriste. Tu reseña servirá a otros de inspiración.

Si lideras a un grupo de personas, puedes invertir en la compra de varios ejemplares y solicitarme que te los envíe firmados. Seguro que aumentará el rendimiento del equipo y tu propia calidad como líder.

Pidiendo a un periódico, emisora local o medio de comunicación que entreviste al autor. Con ello, contribuirás a la difusión de este paradigma que, por derecho, ya te pertenece.

Contratando al autor para dar una conferencia sobre liderazgo o para que sea tu coach en sus programas de liderazgo a medida.

Con toda humildad y respeto,

Ramón Maurel Pascual

Pedid y se os dará, buscad y encontraréis, llamad y se os abrirá; porque todo el que pide recibe, quien busca encuentra y al que llama se le abre.

Mateo 7, 7-12

Este libro nació por petición expresa el 28 de diciembre de 2020. Cuando llegó el momento, cuatro días bastaron para escribir el manuscrito original.
5/5/5 (2+0+2+1)

www.ingramcontent.com/pod-product-compliance
Ingram Content Group UK Ltd.
Pitfield, Milton Keynes, MK11 3LW, UK
UKHW021649190726
13853UKWH00001B/141

Bitcoin Ballenas

Tipos Que Engañaron Al Mundo. Secretos Y Mentiras En El Mundo Cripto

Alan T. Norman

Traductora: Arturo Juan Rodríguez Sevilla

Copyright © 2018 por nombre del autor. Todos los derechos reservados.

Ninguna parte de esta publicación puede ser reproducida, distribuida o transmitida de ninguna forma ni por ningún medio, incluyendo fotocopias, grabaciones u otros métodos electrónicos o mecánicos, ni por ningún sistema de almacenamiento y recuperación de información sin el permiso previo por escrito del editor, excepto en el caso de citas muy breves incorporadas en revisiones críticas y ciertos otros usos no comerciales permitidos por la ley de copyright.

ÍNDICE